뭔 인연인지

신문호 지음

신문호 作

뭔 인연인지

ⓒ 신문호, 2024

초판 1쇄 발행 2024년 11월 19일

지은이   신문호
펴낸이   이기봉
편집   좋은땅 편집팀
펴낸곳   도서출판 좋은땅
주소   서울특별시 마포구 양화로12길 26 지월드빌딩 (서교동 395-7)
전화   02)374-8616~7
팩스   02)374-8614
이메일   gworldbook@naver.com
홈페이지   www.g-world.co.kr

ISBN   979-11-388-3719-4 (03810)

뭔 인연인지

신문호 지음

좋은땅

뭔 인연인지

산행 중 갑작스런 강풍과 비에 쫒겨
잠시 머문, 산 중턱 빈집이 글쓰기의 시작이었고
지금까지 머물고 있는 내 거처가 되었으니
이 뭔 인연인지?

계곡의 찬 물소리와 짙은 풀 내음..
밤새 들리는 작은 생명들의 소근거림..

삶이 공평하듯..
몸의 불편만큼
맑은 정신과 영혼의 자유를 누리며

대숲에 숨은 풀벌레와 까치들의 이야기에서

좁은 산복 도로 긴 응달에 기대 앉은 삶의 이야기까
지를

늦은 밤
창가에 귀 대고 받아 적어 보았다.

2024년 가을

목차

비워 두기

차창에서 보이는 한적한 농촌 풍경

대문 없는 어느 시골 집의
햇볕 잠든
빈 마당에서
짧은 편안함을 느꼈습니다

텃밭 일로 자리 비운
어느 노부부의 꼭 숨긴 삶의 이야기가
향기 되어 머문 듯
스쳐 지나는 길손마저 행복했습니다

짊어진 생의 짧은 무게에서조차
때론 억울하고
야박한 조롱에 가슴 아파 와도

침묵으로 모두를 끌어안고 가는
늙은 부부의 아름다운 뒷모습 같아

호흡이 잠시 멎었습니다

기억을 맴도는 석양 길 중턱에서

먼 그림자들을
툴툴 털어
삶의 뒷마당에 묻어 비우고
아무 일 없듯
비워 가며 걷는

향기로운 침묵

차창 밖
작은 풍경
아름다운 삶의 얘기에서

비워 두기

한 귀절을 배우고 갑니다

갈대

차디 찬
서 낙동강
끝없는 갈대 행렬 위로

줄지어 먼 길 떠나는
기러기 떼를 봤습니다

묻은 정이 깊으면 흔적으로도 아픈 듯

끼륵끼륵

내려 두고 가기 힘드나 봅니다

갈대

꽃이란 이름 벗어 버린
백발의 등신불에게도

남음이
떠남보다
더 아픈 사연 있어

잠시 묻은
인연

그 비움이 힘든지

찬바람에 웅크리고 서서
온몸을 흔들어 가며 울고 있었습니다

남겨 두고 떠나기

창틈의 차가운 한기에서
겨울은
벌써 여기까지 왔는데

나무의 홀가분함에서
버려야 할 것들을 생각해 봤습니다

여태 끌고 왔던 삶에서의
집착도
시간의 세정 작용에 결국
남아 머문 것은
내 바람뿐이었습니다

또 하나의
마른 잎이
세찬 바람에 실려 어딘가로 떠났고
텅 빈 나무만이
추위 속에 남아 홀로 떨고 섰는데

여태껏
가슴에 묻혀 왔던
말라 버린
생의
의미 없는 집착들을

길 떠난 나그네의
아름다운 뒷모습처럼

그렇게
남겨 두고 떠나 볼까 합니다

세상 구경

거리 풍경이 궁금한
한적한 오후

시내 버스 창가에 앉아
목적 없는 긴 시간을 매만지며
여유롭게
사람 사는 세상을 지켜봤습니다

무료 급식소 앞

끝없이 늘어선 인간들의 긴 행렬과
가로등처럼 못 박힌
그들의 표정 없는 침묵에서

육신과 영혼이 분리된
겨울 나무 빈 그림자 같은
고개 숙인 냉막만이
찬 바람을 맞고 서 있었습니다

살아간다는 것

낡아 빠진 이 화두가
오늘은 이유 없이 그냥 쓰리고 아팠습니다

삶의 의미에서 우리는
무엇을 위해
생명의 끈을 붙잡고
정해진 시간 위를
이렇게까지 비틀대며 힘들어하고 있을까

식사를 기다리는
어느 성자의 속죄하는 고뇌처럼

별거 아닙디다

산다는 거
사실 별거 아닙디다

마음먹은 대로 된 것도 별로 없지만
막상 움켜잡아도
생각만큼 좋은 게
그리 오래 가지 않습디다

한 번씩 찾아오는 마음의 고통도
물 흐르듯 지나가는
운명으로 맡기니
잠깐 스치는 몸살처럼
털고 일어나집디다

집착도 오래가면 털기 힘들다지요

앉았다 일어설 때
털었다 믿었던

마음에 묻혀 온 실물 없는 그림자로

어둔 밤
잠 깬 쓰린 속
냉수로 다스릴 때

밤바람에 굴러가는 마른 나뭇잎 소리

산다는 거 사실
별거 아닙디다

동자승의 울음소리

살 에는 한파
인적 끊인 산사의 새벽
칠흑 같은 어둠
삭풍을 꿰뚫는 차가운 범종 소리

행복을 구하는 영혼의 외침인지
속 끓는 번뇌의 안타까운 부름인지

깨우침에 지쳐 버린
애한의
세찬 바람은
적요한 법당 마당에 엎드려 우는데

가슴에 스미는 보고픔도 죄가 되어
거칠게 흔들어댔던 사미의 가쁜 숨소리 앞에
되울림의
범종마저도
어찌할 수 없는 안쓰러움에 지쳐

온몸을 흔들며 울고 있었습니다

아픔은 어데서 와
어디에 머무는지

거친 삭풍에 흔들리는
덜
때 묻은 저 동자승은

억장의
무슨 번뇌 비우려
긴 눈물 홀로 물고
세상 잠든 이 새벽 고개 숙여 우는가

하산길에 뒤돌아본
산사의 어둠 속에는

잎사귀를 털어 버린
맨 가지의 늙은 고목들만
비움의 고통을 아는지

아직도

범종 앞 고개 숙인 그를 지켜보고 있었습니다

신문호 作

행복은 겨울비에 젖어

거센 바람 속
줄기를 타고 내린
비는
나목들의 발등을
시리도록 차게 적셨고

무수한 빗방울의 흩날림과 냉습함에
시야마저 흐린
도심의
빈 도로는
빌딩 사이에 축축히 젖은 채 누워
검은 하늘만 올려보고 있었습니다

유리창에 흐르는 찬 빗물의 궤적과
창가 탁자의
따뜻한 커피 향이 섞어 만든
알 수 없는 포근함

차가운 혼란의
어지러운 흩날림 중에서도

이렇게 가끔은
뜻하지 않은 작은 따스함도
행복의 이유가 되나 봅니다

누군가
행복은
스스로 느끼려 하는 만큼 찾아온다지요

찬비는
세상의 허기진 아픔들을
잔잔하게 씻어 주고 있었습니다

내려 두고 가기

서쪽 강을 건너는 기러기 무리를 봤습니다

지난 삶을 남겨 둔 채

빈 날개

훌훌 털고

운명인 양 끼룩거리며 떠나고 있었습니다

지금 자리까지

얼마나 많은

삶의 기억들을

아쉬워하며 버렸고

얼마나 많은 떠나기를 반복해 왔을까

이별도 오래되면 무뎌지는지

때론

야속한 망각이 고맙기도 했습니다

언젠간 다가올

또 한 번의

남은 떠남

아파하지 아니하고
옷 말아 툴툴 털 듯 일어설 수 있을까

걸음에 무거워
되보지 않아야 할텐데

문 앞에 선 한파 앞에

길 떠나는
기러기의 긴 아픔에서
내려 두고 가기를 배워야 할까 봅니다

새벽 종소리

삭풍에 높은 나무 잔가지들이
웅웅 떨며 우는 새벽

찬 허공
남은 별빛을 밟고 오는
먼 새벽 종소리

무엇을 비우고
무엇을 얻고자
세상 잠든 한파
어둠에 홀로 잠 깨
세상을 일깨우며 아파하고 있는지

헛 나이에 물든 참회의 놀람인지

들창을 흔들고 스친
작은
파동 하나에서

묻고 지낸 영혼

소중한

생의 사연들이 아파

창밖 어둠을 붙잡고 한참을 섰습니다

비우지 못한 것

허물어져 흔적으로 남은
고사목 꼭대기
빈 까치집 하나

종일
산 아랠 내려보며 뭘 생각하는지

낡은 끈 몇 가닥에 붙은
비우지 못한
그리움과

세상에서 버려진
외톨이의
설움도

미련해서 붙들고 있는
시절 인연의 연장인지

언제나처럼 눈에 익은

그때

그 별빛들이 좋아

살 에는

찬 바람 속에서도

웅크린 기억을 붙들고 잠들어 있었습니다

겨울 낙동강둑에서

주황빛 겨울 강 위를 스치는
찬 바람들의
긴 휘바람 소리

말라 푸석거리며 휜
회색 갈대의
사르륵 사르륵 간지러운 흔들림

줄 풀린 채 외롭게 눌러 앉은
폐목선 하나

바람에 밀려오는
잔 물결의 낮은 일렁임 위에
한가로이 굳어 버린
물오리
몇 마리의
고개 숙인 기도

삶은 고요했고

아픔은 없었으며

시간도

여기서는 잠시

턱 괴고 앉아 행복에 빠져 있었습니다

모두가

멈춰 선

어느 화가의 그림 속에서

기도

한파의 찬 바람 속

웅웅
소리 내 우는
나목의 잔가지 흔들림이
생의 내면을
돌아보는 나무의 기도로 생각되었습니다.

아픔도
원망도 결국은 남은 이의 몫

모두가 시간에 떠밀려 간
텅 빈 자리에
홀로 남아

채우곤
비우고 또 채웠던 것들

필연이라 믿었던

숱한 그 사연들도

돌아보면 그저 모두가 아름답기만 한데

나무는

잡힐 듯 가물거리는

그 어떤 후회를 되뇌는지

찬 바닥에

누워 떠는

자신의 그림자를 내려다보며

언제 끝날지 모르는

기도만

되풀이하고 있었습니다

돌아보기

창틈으로 스미는
찬비 섞인 한기는

계절이 느끼게 해 준
시간의 의미와
이유를 알 수 없는 초조감을 몰고 와
삶이 남긴
스스로의 앙금을 돌아보게 했습니다

행복하기를 바라는 순결한 영혼들께
무심히 내뱉은
말의 조각으로
억울해하며 속 눈물 감추고
깊은 상처로 남아서 아파하지는 않았는지

불현 듯 밀려오는
영혼의
아픈 울음이

지금의 이 어둠을 밟으며 배회하는 듯해

늦은 밤
창을 열고 어둠 속을 둘러봐도
물안개 속을 휘젓는
등 흰 갈대의 푸석거리는 움직임과
그때 받은 마음 상처
치유되고 없다고

미안함에 속 쓰려 찾는 그 영혼을 대신해
어둠 속
거친 비바람이
손 저으며 저만치서 웃고 있었습니다

비워 두고 떠나기

강 숲 언저리에 모인
청둥오리를 봤습니다

갈대에 반달처럼 쌓인
바람 잔
빈 공간에 앉아
작은 머리 흔들어 가며
뭔가를 두런거리고 있었습니다

서걱거리는
찬바람에 묻혀 오는
또 한 번의
자리 털기
떠날 준비를 하는 듯했습니다

때가 되면 받아들여야 할
비워 주고
떠나기

짊어진 아픔들도
때론
털어 내면 가벼워진다는데

흐름이 멈춰 선
갈대숲
강 낮은 언덕에서

부산한 그들의 얘기를 보며
한참을 그 자리에 서 있었습니다

까치집

비 갠 저녁
숲의 냉습함이 코끝에 스미는데
뒤꼍
아카시아 나무 꼭대기에
홀로 서성이는 까치 한 마리

자리를 옮겨 가며 흐린 기억 짜맞추는지
젖은 날개
웅크리고 앉아 긴 생각에 잠겼습니다

생의 이끼 낀 무게도
때론
시간에 꺾이고 녹으면 그리워지는지

모두 떠난
빈산 응달

행복하기 위해 태어난

생의
심장 소리 스며 묻은 허공 속 위태로운 흔적 위를

먼 길 돌아온
기억 하나가

외롭게
되찾은
그 빈자리에는

아직도 알 수 없는
영혼의 이야기가 남은 듯했습니다

멋진 사람

시간은
바람처럼
그냥
지나가는 거야

그래서 오는 변화는
그저
모두에게
똑같이 자연스러운 것

주어진 하루
그 생의 의미를 고맙스레 여기며

석양의 노을이
곱고
아름답듯

멋있게 사는 것도 하나의 예술이다

틀 박힌 삶에
너무 휘둘리지 말고

작품을 감상하듯
자신의 발자국을 내려다보며

지금의 있는 모습
그대로를 사랑하고, 아끼며
당당하게 그리고 천천히 걸어가는 거야

어느 면접장에서

세파에 쫓겨 늙은
초췌한 얼굴이
고심해 가며 만들어 내는 어색한 미소가

이력서 사진 같은
초면의
첫 인사인데

애틋한 미안함이 느껴지는 것은
서로를 이미
이해하고 있다는 것

허공을 메우는 어색한 침묵과
하고픈 삶의 절박한 호소인지
연신 굽히는 허리 뒤로 보이는 희끗한 머리칼

굴곡을 지나온
삶의

뒷그림자에는
잔잔한 아픔이 묻어 있었습니다

진솔한 표정과 잠시 떠든 얘기
그리고
몇 번의 마른 헛기침은
길게 준비해 왔던
긴장의 끝

쓰린 속
허한 미소를 남기고
힘없이 돌아서는

지친 어깨
굽은 뒷등이
늦은 오후까지 눈에서 맴돌았습니다

세상이 아파도

철길
다리 밑
바람 잔 강 물결 위에
물오리 가족이 모여 있었습니다

스스쓱거리는 갈대의 움직임과
강을 스쳐 오는 세찬 바람에도

뭐가 그리 좋은지

얼음 녹은 좁은 공간
찬물 위에 떠
꽤엑 꽥꽥거리며
서로를 마주해 웃고 있었습니다

때론
세상이 아프고
소망 자리 비좁아 힘들어 와도

시간은
흔들렸던 삶의 파편들과
눈앞에 마주한 냉혹한 아픔까지도
결국은 흘려 보내 비워 가던데

기다림

인적 끊인 철교 밑
찬 바람
좁은 물 웅덩이 속에서

삶에
고마워하는
그들의
여유로움이 좋아

한참을 지켜보며 있었습니다

마음 텃밭

키 낮은 담장 밑
찬 바람 멎은 양지에 모인
노란 국화 몇 송이

잠시 쉬며
언 발 녹이고 가라고

누군가의 손길 닿은 작은 텃밭이
따뜻한
마음의 쉼터로 보였습니다

삶의 긴 연결 고리에서
운명은
가끔
견뎌 낼 수 있을 만큼의 고난으로
생을
더 단단하고 기억나게 만든다지요

지친 여정에 떠밀리고 아파
걸음걸이 무거워도

마음속
작은 쉼터 하나 정도는
갈무리해 둬야겠습니다

바람 찬
긴 겨울

국화 모여 앉은
담 밑 양지가
여유로와 보이는 이유가 있었습니다

열차 대합실에서

방향성 없이 움직이는
인간 무리의 수많은 꼼지락거림

좁고 긴
간이 나무 의자에
비좁게 끼워 넣은 엉덩이의 갑갑함보다

쫓기듯
곧 떠나 머물
미래의
내 다음 자리 생각에
맥을 놓고 멍한 상태가 되었습니다

무슨 바쁜 사연들이 이리도 많을까

뜻대로 되지도 않을
그
행복들을 품어 안고

떠밀리듯
다음 장소로 바삐 움직이는
영혼들의
혼잡한 걸음걸이가

겨울을 준비하는
개미들의 숨 가쁜 가을걷이 작업 같아

바쁘게 살아 움직인다는
이 작은
공통분모가 주는 묘함이

비좁게 꾸겨 앉은
대합실
간이 의자에서
씁쓸한 미소를 짓게 만들었습니다

주름

생각에도 없던
중고품 증거로
애살 떨며 몸 부대껴와

밉상스럽다는 생각도 잠시
판박힌 늘상에서
날 깨우는
껄끄럽지만 어쩔 수 없는

지난 일과
해야 할 남은 숙제를
생각게 하는 친구쯤

안 그래도
새로운 거리
두리번거리던 차
추가로 몸 기대 온 신경 쓰이는 늦깎이

요즘
중고품 떨이 장사도 유행이라 하던데

어쩔 수 없지 뭐

산다는 거
누구나
다 이런 거 아니던가

요즘 옷에 신경 쓰는 이유

요즘 외출복에 신경을 쓴다

바깥 세상에 대한 참여의 표현이고,
잠깐이지만
내가 하고 싶은
의상의 무대에 서고 싶어서다

누굴 닮겠다가 아니고

가 보지 못한 직업,
해 보지 못한 배역의 삶을 상상해
그 연극의
주인공으로
삶의 또 다른 기분을 느끼고 싶어서다

인생 모두가
자꾸
드라마 촬영의 하루같이 느껴지는 요즘

바빴던 삶에
잊고 있었던 여유로움을 갖고파

이제
한 번쯤 뭔가 해 보이고 싶은 건

나만의 욕심일까

풀 한 포기

보도 블럭
좁은 시멘트 벽돌 틈으로 나온
갸날픈 어린 싹의
외로운 흔들림에서

생명
그리고
홀로 겪는 삶의 인내가
한없이 고귀하게 느껴졌습니다

생명이 겪는 아픔도
결국은
삶의 일부

때가 되면 무뎌져
덜 아플 때 온다지요
그래서 아마도
마음속 기다림이 덜 힘들었나 봅니다

이름 모를 영혼으로의

지금 삶도 고마워

오늘도

비좁게 스미는 햇볕을 올려보며

작은 소망 하날 간절히 빌고 있었습니다

살아 있는 지금이 행복해

지금의

이 자리에

좀 더 머물게 해 달라고

귀갓길의 행복

생의 남은 시간과
손익 계산으로는 좀 억울하지만

늦은 시간까지 하던 일 마치고 난
때늦은 밤 귀갓길

골목 입구
낯익은 가로등의 흐리고 꾀죄죄한 얼굴
그래도
습관처럼 익은 안면에 어둠도 즐겁다

살아 있음을 느끼며 산
하루
그래서 더
가치 있게 보내고 왔다

외롭게 들리는 내 발자국 소리까지
삶의 흔적에 겹쳐

반갑기만 한데

산복 도로 담벽으로 기대 걷는
긴 그림자 속
하루의 잔영이
육신의 피로를 넘어
가슴을 헤집고 뿌듯하게 들어차던 날

달빛이
골목 끄트머리
내 갈 길을
기다랗게 비추고 있었다

지금이 아름답다는 말

대숲의 스산한 흔들림과
새끼 까치들의 조잘거림에 잠 깬 새벽

마른 억새와 운무를 휘젓는
거친 바람의 숨소리가
산 비탈 움막을 휘젓고 있었습니다

끝을 모른 채 걸어온
지금은
어데로 가고 있는 생의 연장일까

얼굴 앞을 스쳐 지나는
마른 잎사귀들의 거친 흩날림이

다 털지 못한
어느 영혼의
아직 남은 사연인 듯
등 떠밀리는 시간에의 처절한 몸부림으로 보였습니다

비워 줘야 하기에
지금의 머묾이 더 아름답다는 말

아픔인지
허망함의 위로인지

미로를 서성이듯
선 문답 같은
이 침묵 속
알 수 없는 조급함만이 남아
먼 새벽 어둠을 흔들고 있었습니다

돌아보면

비 젖은 작은 텃밭에
고추 상추 깻잎 씨앗을 심으며
검고
포슬포슬한 흙을 만져 봤습니다

물기 밴 촉촉함이 주는
텅 빈 충만과

나날이 커 가는
그들의 성장 과정을 지켜보게 될
매일 매일의 기다림

소욕지족

삶이
때론
아프게 다가올지라도

돌아보면
생의
좁은 텃밭 한 군데쯤에는

언제나
기다림과 마음 풋풋함이 있어
그래도 살 만했습니다

볕 따습고
몸 움직일 수 있어 고마운 날

삶은 언제나 고마움이었습니다

갈대의 염원

해 질 녘 우물터 옆
긴 갈대밭

거친 바람에 서걱이는 무심한 몸부림과
낮 동안 헤어졌던 까치 가족의 조잘거림
마당으로 기어 오는 황혼 빛 서늘한 응달

생의 남은
또 하루는
그렇게 끝나 가고 있었습니다

사라진다는 것

길 떠나는 나그네의 긴 외로움 같은
아픔도

결국은
서로의 가슴에 각인되어 남는 법

떠남을
앞에 둔
어느 생명의 미련인지
계곡을 건너오는
먼 뻐꾸기 울음마저 아파 오는 저녁

고통에 우는 이 없게 하시고
모든 생명
자유로운 영혼이 되어 힘들어하지 않기를

잠깐새
응달에 묻힌
갈대의 염원은
부서질 듯 흐느끼는 아픔이었습니다

그런 곳에 머물고 싶다

양지 바른 비탈 위
텃밭 달린
작은 움막에 적막과 살고 싶다

울타리 없는 빈 마당은 여유로워서 좋고
새끼 강아지까지 엎드려 잠든
편안함이면 더 좋겠다

뜰 앞
수양버들의 살랑이는 흔들림 아래
실개천 따라 늘어선 연노랑 개나리 꽃

석양을 타고 되돌아온
까치의
먼 울음만이
텅 빈 들녘 메아리 되어 빙빙 떠도는

중턱을 지나온

생의 때늦은 기다림이

저녁 놀
볕에 익어
주홍빛으로 물든

그런 곳에 잠시라도 머물고 싶다

비 오는 날의 소고

창유리를 쉼 없이 타고 흐르는
수 많은 빗방울의 궤적을 보며
실제로 살아 움직이는
생의 순간이
참 짧다고 생각해 봤습니다

창에 비친 얼굴 위로
잠깐 머문 물방울의 흔적은
또 다른
빗방울의 궤적에 가려 사라졌고

작은 생 그리고 짧은 머묾의
표현하지 못한
회한만이
방향 잃은 물안개 속에서
허우적거리고 있었습니다

아직

머물고 있다는 것

찬 습기에서 밀려오는
뜻 모를
행복감에
가슴이 부풀도록 고마운 이 밤

창밖
풍경들의 분진을 씻던
실비 속
잔 빗방울들도
행복에 겨운 몸짓으로
세상의 모든 영혼들을 토닥이고 있었습니다

달팽이

비 젖은 뜰 담벼락에 붙은
어린 달팽이를 봤습니다

혀로 길 두드려 가며
뭘 찾아가는지

저 느린 걸음으로
언제 볼일 다 보고 되갈 수 있을까

행복은 결국
스스로 다듬고 만들어 간다던데
어디를 버려 두고
무얼 찾아가는지

한가롭고
느릿 느릿

비 젖은 담벼락을

혀끝으로
톡 톡

행복을
두드려 가며 길 떠나고 있었습니다

비 내리는 풍경

흩날리던 실비는
점차
빠른 템포로 바뀌어
유리창에 생의 궤적들을
무수히 만들며 흘러내렸습니다

세상 흐린 은빛 시야는
빗방울의 세정 작용에 씻겨
조금씩
털어 내지 못했던
집착의 분진을 벗으며
기분 좋은 미소를 흘려보내고 있었고

물웅덩이와 질퍽거림을 피해 걷는 행인들의
절뚝이는 움직임조차
신기해 보이는 평온한 풍경

삶은 조금씩

흥미롭고
신기한 표정으로 깨어나고 있었습니다

시야 넓은 창밖
기분 좋아 흔드는 생명들의 몸짓과
오싹 스미는 창틈의 한기에서
소롯
피어오르는
살아 있음에 대한 고마움

비는 오늘도
삶에
아름다운 풍경을 그려 주고 있었습니다

텃밭에 서서

비는 온 산의 숲을 축축하게 적셨고
텃밭 아래 감나무 새잎에선
빗방울이
쉼 없이 툭툭 떨어지는데

싱싱해진 텃밭의 상추 파 미나리는
비를 맞아
진녹색으로 푸들거리고 있었습니다

검게 젖은 흙과 길섶의 야생화들

수많은 생명들의 행복한 몸짓에서

빗줄기에 흔들리는 그리움이 밀려와
삶에 묻혀 멀어진
먼 사연
스친 인연들

아프거나 힘들어하지 않고
머무는
그곳에서
늘 자유로운 영혼으로 남길

빗속 텃밭에 서서
영혼의 소망 하나 빌어 봅니다

안개비

빈 뜰에 둔 간이 의자 위에
비가 내린다

산 중턱의
인적 끊인 거처는
물안개와 섞여 더욱더 안락했고

대숲과 앞마당을 적시는
빗방울의 흩날림에서
차가움과 편안함이
코끝 공기 따라
폐 깊은 곳까지 스며들었습니다

비 젖은
수선화, 천리향, 방아 곰취

영혼을 갈무리한 채

말 없는 꼼지락거림에서
생명의 신비함과 그들의 생각이 궁금해
한참을 들여다보았습니다

온 산의 영혼들 머리에

툭 툭 툭
고운 비는
사랑과 희망이 되어 쉼 없이 내린다

삶에 지친 아픔들을 어루만져 주며

고마움이었습니다

숲과 허연 물안개로 싸인
뜰은
밤새 내린 실비에 젖어
나뭇잎과
풀잎 위를 구르는
맑은 물방울의 미세한 움직임에서
우주는
순수했고 아름다웠으며

적막의 공간을 두드리는
딱따구리의 먼 울림 소리가
온 산의 영혼들을
청아하게 흔들어 깨우면

태초의 평화로움

함께하는
모두의 생명은 소중하고 아름다웠으며

살아 있음은
매순간 고마움이었습니다

신문호 作

아름다움이었습니다

비 젖은 새벽 하산길
축축한 숲 내음과
물안개 속 고요가 주는
홀가분한
삶의 여유가 좋아
자작 나무 밑에 쪼그려 앉아
잠시
살아간다는 것
그 평범한 의미를 생각해 봤습니다

툭 툭
이파리에서 떨어지는 무수한 물방울과
젖은 옷깃에 와닿는
습기 찬 새벽바람

물속을 헤쳐 걷듯
떨리는 몸 돌돌 말고
빈 가슴만을 주워 담은 어둡고 축축한 하산길

계곡을 타고 오는 축축한 찬 바람에도
털어 내서
홀가분해진 상쾌한 새벽

갈증 달랜 생명들의
기분 좋은 흔들림과
축축히 고개 숙인 감사의 모습에서

생명 있는 모든 영혼은
이미 서로에게
고마움이었고 아름다움이었습니다

파도

철썩이는 자폐적 움직임 따라
왔다간
멀어지고
또 왔다가 멀어지고

부딪혀 거품 위를 떠돌던
숱한
삶의 발자국들을
닳도록 씻어선 모래 밑에 감추고

뜻도 알아들을 수 없는
기억 속
먼 이야기를
끝없이 흥얼거리고 있었습니다

세월에 떠밀려
지금은 볼 수 없게 된
아는 이의

흐릿한

그때 그 넋두리처럼

한 달의 행복

바쁜 하루 일과를 끝내고
집에 가는 길
찬 밤공기는 상쾌하기조차 했고

한 달을 열심히 일한 월급으로 산
몇 권의 책

밤 네온사인의 번화가를 빠져나와
작고
아늑한
내 방에 누워

은은한 조명에 책 읽는 안락함

한달의 피로는
고요함이 되고
행복이 되었습니다

신문호 作

어느 일요일 아침

해풍에 떠밀려 온 습한 운무가
부옇게 산채를 감싼 아침

참새들이 조잘대다 떠난
텅 빈 마당에서 내려 뵈는

까마득한 골짜기 밑
감천항에는
띄엄 띄엄 흩어진 빈 배들만이
등 떠미는
해풍의 습함이 싫은지
미동 없이 눈 감고 누웠습니다

바람 소리까지 멎은 진공 상태의 빈 담장 밑에는
어디서 왔는지
노란 새끼 고양이가
세상 모르게 잠들어 있었고

야생화가 점령한 젖은 뜰
사과나무 밑에는 백합이 하늘로 곧서서
꽃피울 준비를 마친 채
적막한 공간을 메우고 있었습니다

침묵과
고요가
영혼의 빈 공간을 빼곡히 살찌우듯

삶도
때론
비워져서
더 평온해질 때가 있나 봅니다

무엇을 바라는가

폭력과 살인죄로 사형을 선고받은
어느 대 그룹 회장님의 최후 진술

다시 살 수만 있다면
내 고향
시골 동네
작은 구멍 가게로 먹고살며

이웃과 가깝게 정으로 웃고 사랑하며
아침엔 마을 길 대빗질로 청소하고
저녁엔 가끔 오는 이웃 강아지 안부도 물어 가며
티끌 없는 고요로
그렇게 살고 싶다...

작은 것이 아름답다던가?

삶의 끝에서
그가

갖고 싶었던 건 무엇이었을까?

작은 평온함은 아니었을까

집착에 잠 못 이뤄
마음 아팠던 삶의 그림자에서
이젠
지금의 매 순간이 소중하게 느껴집니다

가슴에 스미는
한 조각 철 지난 감사의 향기를 맡으며

구르는 낙엽 속
저녁놀을 등진 느린 내 뒷그림자가
오늘은 무척 따뜻했습니다

퇴임식에서

친구

수고했네
섭섭함도 남겠지만, 어쩌겠나
황혼의
노을이 붉게 물들듯
우리의 시대도 그런걸

그래도
너무 자주는 뒤돌아보지 말게
석양이 남기는
나그네의 그림자는
언제나 길고 외로운 법이네

은퇴라 했나?

아닐세
우리한테 은퇴는 없네

남은 숨 끊어지는 순간이 은퇴니까

잠깐 숨 고르고
다시.. 걷는 거네
지금까지 해 온 것처럼

이번 배역

창틀 흔드는 어둠 속 찬 바람에
목젖까지 이불을 당겨 덮는 새벽
이번 생에 주어진
현재의 배역이 고마웠습니다

때론
육신의 지침에서 용기를
외로움에서 침묵을 배우며
아픔 속에서도
언제나 주어진 행운에 감사했던 긴 시간

매일 운명처럼 만나지는
새로운 생각과 배움에서

오늘도 세상은
재밌고
생각보다 훨씬 아름다웠습니다

행복 누리기

어둔 새벽 성에 낀 창밖
삭풍은 맨 가지들을 날카롭게 흔들고
삶을 준비하듯 불 켜진 방들이
긴 골목 여기 저기에 간간이 앉았습니다

일이 있어 고마운 하루
갈 곳과
기다려 주는 이들이 있어 살맛 나는
세상

행복은 산 정상이 아닌
오르는 과정에서 매순간 부딪히는
고통과 희열의 혼합체는 아닐까

빛 없는 새벽
또
행복하기 위해 찬 거리를 나선다

그래, 이렇게만

어쩜
지금이
생애
행복의 최고점은 아닐까

움직임에 불편 없고
생계에 얽힌
삶의 짐도 붙들고 있지 않으니

가끔씩 부딪혀 오는
약간의 지난 자책쯤이야
나쁜 일보다
좋은 게 조금만 더 많으면 돼

여태껏 옷깃 스친
소중했던 생의 인연
그저 모두에 감사

벌써

이만큼이나 걸어왔는데

그래, 이렇게만 가자

요양원 앞에서

양팔 부축으로 힘들게 떠밀려 가면서도
불안해하며
쉼 없이 돌아보던
휑한 눈길

멀어져 가는 손짓들을
그저
힘 없이 바라보며

그냥... 말... 묻고

순응하듯
잡힌 손 대신
고개만 끄덕이시던

아...

멀어지는 시야는

뿌리를 끊는

아픔만이 빈 간격을 메우고 있었습니다

돌아보면

언제
벌써 여기까지 왔던가?

일부러
거울 안 본 지도 꽤 됐을 텐데

매일 아침에 눈 뜨고 한 맹세

재밌게 살아야지

경계도 없는 하루가
또
1년의 맹세를 하게 강요하는 날

건강하자 그리고 재밌게 늙자

신문호 作

지난 삶이 아플 때

90 노모를 뵙고 내려가는 부산행 열차에 초여름 장
맛비가
창을 두드립니다

옴과 감
시작과 끝
이별의 끄트머리
어디쯤에서

이젠 자꾸만 두려움이 외로움으로 변해
가슴 무거워집니다

찬비는
유리창과 들녘에 삶의 이치처럼
공평하게
모든 비움을 위로하듯
때 묻은
아픔과 집착을 씻어 주고 있었습니다

놓아 주어야지

이젠
서로를 위해
덜 아프게 헤어지도록
노력해야 할 텐데

차창을 타고 흐르는
빗방울의
스쳐 지난 궤적을
하염없이
지켜보고 있었습니다

뒷모습이 아름다울 때

어둠이 창밖을 수북히 덮어 오면
의미 없이 흘려 보낸
그 뭔가에 눌려
불편한 조바심이 일었습니다

언제부턴가
창밖 은행나무 가지를 힘들게 붙들고 선
까치집 하나

비바람에 삭고
기다림에 지친 삶의 흔적에서
외로움도
세월에 물들면 무뎌지는 줄 알았습니다

어둠에 고개 숙여
지난 삶을 헤아려 봤고

때론

인연의 연결 고리 중간 어디쯤에서
휴식 중 비워 둔
옆자리의 공허함과 외롭게 헤쳐 왔던 삶의 눈에

길 떠나는 나그네의 뒷모습이
서글프도록
아름다워 보임은

외로움에서 밀려오는
홀가분함은 아닐는지

세월의 아픔 뒤에 남은
당신의 모습이 고와

아직도
텅 빈 그림자에 가슴 아파합니다

비워지는 계절에서

마당에 흩어진 노란 은행잎에서
비움은 벌써 와 있었습니다

어스럼 찬 바람에 옷깃 세운
김 영감

대문 없는 마당에 서서
시골 장터 먼 소로를 내려보며
찬 노을 속 서늘함에 종종 걸음으로 오가며

쯔 쯔
오늘은 왜 이리도 더딜까

삶의 그늘에 남은 표현 못한 속죄들이
이제는 죄책감이 되어 속 시리게 아픈데

시간은 왜 이리 빠르기만 한지
사랑이 되고

친구가 되고
이제는 목 매단 기다림이 됐다며

투덜 투덜
장독대에 앉아 아픈 무릎 감싸 쥐고
감춰 뒀던 담배를 꺼내 물었습니다

긴 시간을 함께했던
정든 빈 마당은
외로운 생의 한계처럼 허전함만 휘도는데

기다림

이제 무엇을 기다리는지
또 하나의 은행잎이 바람에 날려
김 영감 발 앞에 떨어지고 있었습니다

연말의 호프 한 잔

찬 바람
시린 발 구르며
비좁게 구겨 앉은 봉구비어

오늘따라
텅 빈 공허가
찬 바람 빈 거리를 써늘함으로 휘젓는데

젊은 것들의 사랑 탓인지..?
술이 만든 온기 탓인지

알 수 없는
웅웅거림이
귓구멍을 어지럽게 후벼 파 괴롭히고

세모의 외로움과

대상 없는 그리움이

내 옆

빈 자리에 웅크려 앉아

친구처럼 다독이며 자꾸 말을 거는데

찬 생맥주 한 모금에

오장이 떨려 와 몸서리 쳐도

알수 없는 뿌듯함에 기분 좋아지던 날

세상은 그래도 살 만했습니다

봉구비어 이야기

소음도 여기선 즐겁더군요

홀로 앉은 침묵과 방향을 알 수 없는
정신없는 소음 속에서
잠시 잃은 속마음에 귀 대고 들어 보려 노력했습니다

젊은 것들
어찌 저리도 말들이 많을까
비틀린 표정도
악을 쓰는 몸짓까지도
그저 모두가 시끄럽고 귀찮은데

산다는 거 이럴 땐
재밌다고 해야 하나?

사랑도
미움도 비껴 앉은
삶의 남은 자투리 시간

홀로 깨물며 버티고 앉은
입구 옆
토막난 자리

어둠은 사랑을 더듬거리며
술집 앞을 서성이는데

에이 씨팔

굽은 등 곧추세우며
당췌
시끄러워 집에나 가야지

김 영감 술 취해
가려운 등 벅벅 긁으며
봉구비어 입구를 나서고 있었습니다

밤. 비. 그리고 봉구비어

우산을 타고 흐른
거친 빗물에 젖은 어깨를
강아지 발광하듯 털고 들어선
퇴근길 봉구비어

습기에 젖어 눅눅한
인간들의 시끄런 도떼기 시장이었고
핏대 세워 떠들어대는
족속들 옆구리
겨우 얻어 앉은 출입구 빈자리

덤으로 살아 온 듯
고맙다고 생각해 온 생의 부분들이
오늘은
왠지 억울하고 불공평했으나

비 젖은 옷의 오싹함과
성에 낀

찬 맥주잔에서

가끔은 지나온 삶이 빡빡은 했었지만

그래도 세상은 재밌고 살 만했습니다

고함과

웃음소리

축축함과 혼잡함에

일순 외떨어진 이방인이 되었지만

내 옷을 타고 내린 의자 밑 고인 물을 보다

툭 툭

털어 낸

속마음의 홀가분함 같아

몸 떨리는 한기에도

왠지 모르게 실실 웃음이 났습니다

기다림은 언제나 달콤했습니다

일몰의 먼 가장자리를 따라 온
건너편 산 짙은 그림자가
신작로 옆
마을 입구 소로
외롭게 선 감 나무 둥지에 닿을 쯤

오래도록 인적 끊인
키 낮은 흙담 길을 스쳐 지나는
낯선 이의
발자국 소리에서
불현듯 이는 궁금함은
외로움의 오래 된 습관이었습니다

가끔은 바람이 멈춰 쉬던
메마른 감나무
잔가지 위에서
펄럭이며 떨어지는 작은 이파리에서조차
낯선 이의 방문처럼

반가움이 이는 것은
빈 가슴을 채워 온
알 수 없는 기다림이겠지요

상념은 어둠 속을 끝없이 휘젓고
놓지 못한 인연의 끈에
번뇌의 밤은 끝없이 길어만 가는데

멀리서 들려 오는
밤 까치의 긴 울음소리

적막한 어둠은 그리움처럼 포근했고
대상 떠난
빈 기다림은
언제나처럼 아름답고 달콤했습니다

세상에서 가장 소중한 것

떠나는 것도 병인지
목적 없이 논길을 스쳐 지나는
시골 버스 창가에 앉았습니다

어린 왕자가 꿈꾸며 헤매던
빈 껍질 속 세상에서

무엇에 아파
또
무얼 찾아보려는지
이리저리 허공만 휘젓고 있는데

고추잠자리 빙빙 도는
대문 없는 시골집 빈 마당에는
불볕에 익어 가는
가을걷이 고추들과

갓 찾은 행복을 붙들고

모로 누워 낮잠 든

새끼 강아지 고른 숨소리만이

살랑이는

맑은 바람을 건너

버스 창틈에 스며들고 있었습니다

술시의 인연

언제부턴가 초저녁 퇴근 후
들창 밑
홀로 웅크리고 앉은
새끼 고양이가 있었습니다

유리창을 마주하고
인물화를 그리듯
꼼짝 않고 굳은 채 쳐다보다 사라지는

낮에는 어디 있다
술시가 되면 소리 없이 다가와
눈도 깜박 않고 날 감시하는지

홀로 머물다
떠난 자리는
마른 풀도 습관이 되어
가지런히 드러누워 뒹굴고 있었습니다

기억 속

먼 인연이

걱정 되어 보러 왔을까

때론

나도 그놈때문에

잠 깬 밤 들창 밑을 서성인 적도 있었습니다

고사목

허옇게 말라 버린 생의 흔적
까치 둥지마저 떠난 지 오래

맨살로 맞는
찬비
바람

산다는 게 원래
이런 거 아닐까

모두가 떠난 겨울 산 입구
덩그렇게 홀로
뭘 그리워하는지

아픔도

남은 인연인데
결국은 이렇게

남는 장사

나이 드니 시간 남아 좋고
느긋하게 결정하고
좀 느리게 움직여도 욕하는 이 적고

초면부터
막 반말 안 들어 좋은데

문제의
무료함은
못 해 본 것 해 보자는 호기심과 욕심으로
체면 좀 구겨 가며
손해 본 듯 어울리면 해결될 것이고

공짜도 솔. 솔. 있고
양보 받을 일도 많으니
따져 보면
이건 완전히 남는 장사

어느 기도

끌려가는
소의
되돌아보는 눈을
차마 볼 수 없어

눈 감고 뒤돌아서

모든 영혼
덜 아파하며
헤어질 수 있기를

기도는 너무나도 가혹한
아픔이었습니다

감옥

볼 수 없음도
이쯤되니
무덤덤해지더이다

애써
괜찮다는 목소리
그
가는 떨림이 전하는 쇠약함과 외로움

억지로 만든 변명
위안이 될까

지평선 노을은
어느새
저리도 검붉게 타는데

어느 아들의 방문

힘 없는 주름으로 미소를 짓는다

보고픔도
세월에 눌려 움츠러드는지

바쁘고
피곤할 텐데..

왜..
왔어..?

아.. 세월에도 녹슬지 않은
..사랑

고결한 저 얼굴
오래 볼 순 없을까

눈을 마주할 수 없어

창문 넘어 먼 하늘을 보며 돌아섰습니다

그 많은 시간을
함께했으면서

이렇게
가슴 쓰린 날은 처음이었습니다

오늘 또 오늘

병실 창밖에 보이는
파란 하늘과
햇볕 따뜻한 길 가로수

누군가의 손길이 닿은 길섶 텃밭
폐포 깊이 스미는 맑은 산들 바람

몸도

마음이 비워지니 이렇게 평온한 걸
그동안
뭘 붙들고 힘들어했는지

존재의 의미는
스스로 만들어 가며 느끼는 것 아닐까

오늘... 또 오늘

짧은

잠깐들이었지만

그래도 고맙고 행복했던 것 같다

신문호 作

견딜 수 있을 만큼만

거친 바람에 시야까지 흐린 저녁
창밖 나뭇가지와
삐죽 열린 대문의 고통스런 흔들림
길거리의 신문지와 폐봉지들처럼
생명의 가치도
언제부턴가
소리 없이 허물어지고 있었습니다

주어진 하루의 의미도 잊은 채
희망은 이미 길 잃고 힘없이 비틀거렸고
산복도로 긴 어둠에는
억눌린 영혼들이 내뱉는 거친 신음과
몇 개의 불 켜진 쪽창만이 쪼그려 앉은 삶을 이어
가고 있었습니다

절망도 지치면
표정마저 무뎌지는지

안식을 잃고 바다 위를 헤매는 갈매기의 지친 눈처럼
영혼은
두려움으로 점철된 폐허에 잠겼고
삶을 억누르는 자괴감의 무게보다
끝을 알 수 없는
현실이 더욱더 두렵고 아팠습니다

제발 너무 힘들지 않게

구원은 지금 어디쯤 와 있을까
목마름은 뿌리가 돼 저리도 영혼들을 힘들게 하는
데
흔들리는 육신의 마지막 환청인지
비틀거리다 쓰러진
어느 선지자의 신음처럼

끝일 듯 들려오는 어느 먼 교회
낮은 종소리

하루의 시

새롭게 주어진 하루의 시간에 감사하며

숨쉬는 매순간
살아 있음을 자각하고
어제
숨 거둔 자를 대신해
세상의 아름다움과
생명들의 고귀한 숨소리를
더 가깝고
소중히
가슴으로 느끼며

행복하기 위해 태어난
모든 영혼들의
평온을 위해
내 남은 열정을 소진케 하시고

모든 시간을 소모한

저녁

후회와 아쉬움 없이

고마운 마음과 잔잔한 미소로
어둠을
맞이하며
눈 감을 수 있게 하소서

어느 아픈 풍경

인적 끊인 산복 도로
좁고 긴 겨울밤

방향을 알 수 없는
병든 노파의 기침소리와
갓난애 옹알거림만이
골목 세찬 바람에 날고 있었습니다

삶도 지치면 고개 숙여지는지

지붕 낮은
영혼의
낡아 버린 대문마저
몸 비틀어 삐걱대며 억울해하는데

삶은 긴 무력감에 눌려
아픔마저 마비된 듯

끝이 보이지 않는 어둠의 터널에서
출구를 잊은 듯
되온 길을 찾아 헤메는
어느 술꾼의
비틀대는
투덜거림만이

가로등의
고개 숙인 아픔 앞에서
스스로를 위로하고 있었습니다

묵상

낙동강을 건넌 차디찬 칼바람에

등 휜 갈대의 허연 머리칼이
말라 가는
생의 고뇌처럼
부서질 듯 힘없이 흔들거렸고

강 위에 얼어붙은
몇 남은 오리들의 고개 숙인 침묵은
집착의 때를 씻는
구도자의 긴 슬픔처럼 보였습니다

털어 내지 못한
삶의
그 어떤 가시가
자유를 향한 영혼을 저토록 힘들게 하는가

마음은

어데서 불러온

질긴 미련을 붙들고

스스로를 저렇게 옥죄고 있는지

흔적마저 떨치고 간

철새들의

긴 울음만

황혼빛 허공에 잠들어 있는데

모두가 떠난

한파의 들녘에는

찬 바람만이 그 아픔을 아는지

윙 윙

여운을 남기며 떠밀려 가고 있었습니다

산그림자가 아플 때

빈 들녘을 지나 온 바람 아직 차고 거친데

황혼빛 노을에 떠밀려 온
어미 까치의
반복된 울음이
알 수 없는
기다림이 되어 초가 지붕 위를 맴돌고

길섶의
감잎 흔드는
시린 바람 퍼덕거리는 소리는
외로운 방문객 저녁 인사였습니다

시간이
묻고 떠난
기약 없는 기다림이 아파
논두렁 넘어 먼 신작로에 눈길 자주 가던 날

홀로
머문다는 것

흐린 기억 속을 배회하며
수없이 되뇌던
그 말의 의미 앞에

어느새 먼 발 앞에 들어선
산그림자 서늘함이

노을 빛에 잠든
마무리 못한
그 무엇을 재촉하는지

괜스레 마음만 바빠지고 있었습니다

늙은 기도

늦은 밤 홀로 촛불 앞에 앉았습니다

애써 피하고 싶은
불가항력의
서글픈 소망 하나를 부탁하고자

죽는 순간까지
자식에게
인격 허물어진
비참함 보이지 않게 하시고

고통으로 잠 못 이루는 날 없이
어느 날 조용히
잠자다 떠날 수 있기를

아
벌써
여기까지 온걸

애써 모른 척해 왔는데

국화

우물터 옆
계수나무 응달

삶의 휴식처럼
등 구부려 앉아 쉬는
나지막한 국화 몇 송이

자신에
귀 기울이는

침묵이 좋아
한참을 마주 보고 앉아 있었습니다

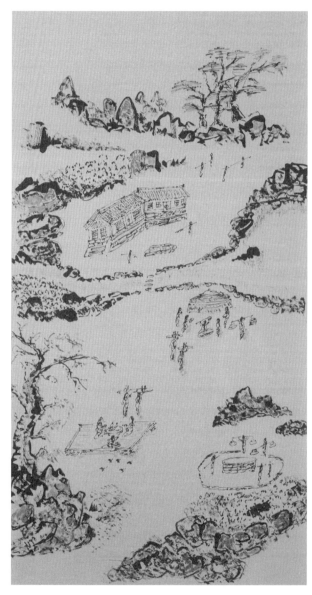

신문호 作

이방인의 밤

윙 윙

창틈을 스치는 밤바람의 날선 소리가
구원에 지친
어느 영혼의 외로운 흐느낌 같아

잠 깬 아픔으로
창밖 먼 어둠 속을 더듬던 밤

어느새 익숙해진
산복 도로의 적막한 어둠

듬성 듬성 늘어선
가로등의 구부러진 긴 행렬 사이로
바람에 흩날리는
마른 잎사귀들의 초연함처럼
적막과
빈 충만이

자유로운 영혼들과 머무는 곳

알 수 없는 친밀함과 낯익은 편안함에
기억 속 머물었던
먼 생의 흔적을 흔들어 일깨워 봐도

영혼으로 떠돌다 온
낯선
이방인의 잊힌 기억은

텅 빈
어둠 속
찬 바람이 머물다 간
횅한
그 빈자리를
밤 새워 맴돌고 있었습니다

가을비 내린 뒤

계곡 바람에 떠밀려
산 능선까지 올라 온 비는

산방의 숲과
텃밭의 푸성귀
마당의 벗은 신발에도 빗물을 담아 두었고

젖은 대숲 까치들의 아우성은
미끄러움을 알리는
어미들의 잔소리로 들렸습니다

외롭게 멈춰 선
고사목 꼭대기

직바구리 부부는
비 갠 산골 풍경을 재밌게 내려다보며
맑은 바람에
젖은 머리 흔들어 터는

시원함이

꽉 들어차

가슴 시리도록 고마운 날

세상은 참 아름다웠습니다

모두는 고맙고 따뜻했습니다

들창의 거친 흔들림과
바람에 쓸려 가는 대숲 서걱거림에
잠 깬
코끝 시린 겨울 새벽

혹독했던 시련들을
비행하듯 타 넘어온
생의 상처가
어쩔 수 없었다는 변명으로 감싸기엔
부족한
그 무엇이
언제나 아프게 심장을 눌러 오는데

방향을 알 수 없이
어둠 속을 떠도는
웅웅거리는 바람의 숨소리와
여태껏 품어 온
삶의 부스러기 속 따슨 기억에서

스처 지났던 모두는

그래도

고맙고 따뜻했다고 전하고 싶었습니다

담벽을 기대 선 낡은 가로등 밑을 지나는

어느 고달픈 이의

새벽 발자국 소리와

삶이 멈춘 대숲 속

까치들의 꿈속 옹알인지

푸드덕 하는 선잠 깬 움직임이

가끔은

낯선 호기심이 되어

어둠에 잠긴 창밖을 홀로 서성이게 했습니다

어둠이 아플 때

산비탈을 내려온 거뭇한 어둠과
냉습한 밤바람이 휘도는

산복 도로
좁고 긴 터널

꼬마들마저 놀다 간 자리는
인적 끊인
적막함만이
축축한 아픔을 깔고 기다랗게 드러누워 있었습니다

살 에는 한기는
염통을 찌르는 고통까지 몰고 와
긴 밤의 여정을 끝 모를 방황으로 내몰았고

살아 머문다는 것

허허롭게만 들리는

낡아 버린
이 화두는
뜻마저 잃은 채 빈 허공에 떠도는데

순환의 긴 연결 고리 중
지금은 어디쯤 와 있는 것일까

어둠 속
창틀을 흔들고 지나는 바람의 신음과
아스라이 들려오는 갓난아이 낮은 울음소리가

남은 이의
웅크린 삶을 위로하듯

어둔 골목 안을
비틀거리며 배회하고 있었습니다

하루를 살며

어둠에 어깨 눌린
퇴근길
텅 빈 골목

내 휑한 발자국 소리만
불규칙하게 흔들렸고
등을 스치는 찬 바람의 울음은
외롭고 힘겹게
엉엉거리고 있었습니다

삶이 그렇듯

육신은 무거워도
그림자만큼은 가볍기를
고통도 때론
견딜 수 있을 만큼만 온다지요

흔들리는 그림자도

오늘은 힘든지
담벼락을 붙들고 한참을 섰습니다

멀고 긴 어둠 속
고개 숙인 위안은
저 멀리
듬성듬성 위태롭게 남은 불 켜진 들창들

거칠게 등 두드리는
바람의
힘든 신음이
용기와 희망이 되어 가슴에 와닿던 밤

그래도 세상은
고맙고 아름다웠습니다

우연의 만남

뒷뜰 담 밑 덤풀 속에서
갓 낳은 3마리 새끼를 품고 누운
길고양이 어미와 눈이 마주쳤습니다

당황스런 놀람과
흔들리는 눈빛
서로는 일순 멈춰 서고 말았습니다

어디서 온 영혼들이기에
시작부터 이리 힘들까

행복하기 위해 태어난
고귀한 영혼들

못 본 척
뒷걸음쳐 걷는
내 숨죽인 걸음에
나마저 숨이 막혀 아파 옵디다